Der Bärenhüter im Waldgut

Gustave Flaubert

Bibliomanie

Conte

Gustave Flaubert

Bücherwahn

Erzählung

Übersetzt
von
Beat Brechbühl

Im Waldgut

Alle Zeichnungen
von Ruedi Baumann

Bleisatz, Buchdruck, Fadenheftung und
Einband von der Graphischen Kunstanstalt
Jos. C. Huber KG, Dießen am Ammersee
Papier von der Papierfabrik Schleipen

ISBN 3 7294 0027 4

Verlag Im Waldgut
CH-8636 Wald

I

Dans une rue étroite et sans soleil de Barcelone vivait, il y a peu de temps, un de ces hommes au front pâle, à l'œil terne, creux, un de ces êtres sataniques et bizarres tels qu'Hoffmann en déterrait dans ses songes.

C'était Giacomo le libraire.

Il avait trente ans et il passait déjà pour vieux et usé; sa taille était haute, mais courbée comme celle d'un vieillard; ses cheveux étaient longs, mais blancs; ses mains étaient fortes et nerveuses, mais desséchées et couvertes de rides; son costume était misérable et déguenillé, il avait l'air gauche et embarrassé, sa physionomie était pâle, triste, laide, et même insignifiante. On le voyait rarement dans les rues, si ce n'est les jours où l'on vendait à l'enchère des livres rares et curieux. Alors ce n'était plus le même homme indolent et ridicule, ses yeux s'animaient, il courait, il marchait, il trépignait,

I

In einer engen, sonnelosen Gasse in Barcelona lebte vor nicht allzulanger Zeit einer dieser Menschen mit bleicher Stirn, mit leeren Augen und trübem Blick, eines dieser unheimlichen, bizarren Wesen, das einem Traum von E.T.A. Hoffmann entstiegen sein könnte.

Das war der Buchhändler Giacomo.

Er war um die dreißig, aber er schien alt und verbraucht; seine hohe Gestalt wirkte greisenhaft, seine langen Haare waren weiß; vertrocknete, runzlige Haut bedeckte seine großen, nervösen Hände, er trug einen schlampigen, ja schäbigen Anzug. Sein blasses Gesicht erschien traurig, häßlich – und völlig nichtssagend.

Man sah ihn selten in den Straßen. Wurden jedoch rare und eigenartige Bücher versteigert, war der stumpfe, lächerliche Mann wie verwandelt. Seine Augen blitzten, er bewegte sich, er lief umher, er hastete, kaum vermochte er seine

il avait peine à modérer sa joie, ses inquiétudes, ses angoisses et ses douleurs; il revenait chez lui haletant, essoufflé, hors d'haleine, il prenait le livre chéri, le couvait des yeux, et le regardait et l'aimait comme un avare son trésor, un père sa fille, un roi sa couronne.

Cet homme n'avait jamais parlé à personne, si ce n'est aux bouquinistes et aux brocanteurs; il était taciturne et rêveur, sombre et triste; il n'avait qu'une idée, qu'un amour, qu'une passion: les livres; et cet amour, cette passion le brûlaient intérieurement, lui usaient ses jours, lui dévoraient son existence.

Souvent, la nuit, les voisins voyaient, à travers les vitres du libraire, une lumière qui vacillait, puis elle s'avançait, s'éloignait, montait, puis quelquefois elle s'éteignait; alors ils entendaient frapper à leur porte et c'était Giacomo qui venait rallumer sa bougie qu'une rafale avait soufflée.

Ces nuits fiévreuses et brûlantes, il les passait

Freude zu zügeln, er platzte beinah vor Unruhe, vor Ängsten und Schmerzen.

Atemlos, keuchend kehrte er jeweils nach Hause zurück, und zärtlich betrachtete er das geliebte Buch, behütete es wie ein Geizhals sein Geld, wie ein König seine Krone, wie ein Vater seine Tochter.

Dieser Mann sprach mit niemandem außer mit Antiquaren und Trödlern. Er war verschlossen, schweigsam, schien trübsinnig; ein Gedanke nur besaß ihn: Bücher! Sie waren seine Liebe und Leidenschaft, sie verbrannten ihn innerlich, machten seine Tage kaputt und fraßen sein Dasein auf.

In vielen Nächten sahen die Nachbarn hinter den Fenstern des Buchhändlers ein Licht flakkern, manchmal kam es näher, entfernte sich wieder, stieg höher, verlöschte. Dann hörten sie an eine ihrer Türen klopfen. Das war Giacomo, er kam, um seine Kerze, die ein Windstoß ausgeweht hatte, neu anzuzünden.

dans ses livres. Il courait dans les magasins, il parcourait les galeries de sa bibliothèque avec extase et ravissement, puis il s'arrêtait, les cheveux en désordre, les yeux fixes et étincelants, ses mains tremblaient en touchant le bois des rayons; ils étaient chauds et humides.

Il prenait un livre, en retournait les feuillets, en tâtait le papier, en examinait les dorures, le couvert, les lettres, l'encre, les plis, et l'arrangement des dessins pour le mot finis; puis il le changeait de place, le mettait dans un rayon plus élevé, et restait des heures entières à en regarder le titre et la forme.

Il allait ensuite vers ses manuscrits, car c'étaient les enfants chéris; il en prenait un, le plus vieux, le plus usé, le plus sale, il en regardait le parchemin avec amour et bonheur, il en sentait la poussière sainte et vénérable, puis ses narines s'enflaient de joie et d'orgueil, et un sourire venait sur ses lèvres.

Oh! il était heureux, cet homme, heureux au

Diese fiebrigen, verzehrenden Nächte verbrachte er mit seinen Büchern. Er lief zwischen den Büchergestellen hin und her, eilte in grenzenloser Verzückung in die Galerien seiner Bibliothek hinauf. Hielt an, das wirre Haar hing in sein Gesicht, die stieren Augen funkelten. Die zittrigen Hände hielten sich am Holz der Gestelle fest; sie waren feucht und heiß.

Er nahm ein Buch, blätterte darin, griff das Papier, prüfte Vergoldung und Einband, fuhr über Buchstaben, über Druckerschwärze, dehnte den Bund, betrachtete die Zeichnungen beim Wort ‹finis›.

Später stellte er das Buch auf ein höheres Brett und verbrachte Stunden mit dem Betrachten des Titels und der Rückenprägung.

Dann ging er zu den Handschriften, das waren seine Lieblingskinder. Er öffnete eine, die älteste, verbrauchteste, die schmutzigste, und fuhr mit den Augen liebevoll, glücklich über das Pergament. Er roch den ehrwürdigen, ja heili-

milieu de toute cette science dont il comprenait à peine la portée morale et la valeur littéraire; il était heureux, assis entre tous ces livres, promenant les yeux sur les lettres dorées, sur les pages usées, sur le parchemin terni; il aimait la science comme un aveugle aime le jour.

Non! ce n'était point la science qu'il aimait, c'était sa forme et son expression; il aimait un livre parce que c'était un livre, il aimait son odeur, sa forme, son titre. Ce qu'il aimait dans un manuscrit, c'était sa vieille date illisible, les lettres gothiques bizarres et étranges, les lourdes dorures qui chargeaient ses dessins; c'étaient ses pages couvertes de poussière, poussière dont il aspirait avec délice le parfum suave et tendre; c'était ce joli mot finis entouré de deux Amours, porté sur un ruban, s'appuyant sur une fontaine, gravé sur une tombe ou reposant dans une corbeille entre des roses, les pommes d'or et les bouquets bleus.

Cette passion l'avait absorbé tout entier, il

gen Staub, seine Nasenflügel bebten vor Freude und Stolz, und ein Lächeln irrte über seine Lippen.

Oh! wie glücklich war dieser Mann, glücklich inmitten dieses Wissens, dessen Ideen und literarischen Wert er kaum verstand. Verzaubert saß er unter diesen Büchern, seine Augen glitten über goldene Buchstaben, über zerlesene Seiten, über fleckiges Pergament. Er liebte das Wissen wie ein Blinder das Licht.

Nein, nicht das Wissen liebte er, sondern seine äußere Gestalt und seine Form. Er liebte das Buch um des Buches willen, dessen Geruch, das Format, den Einband. An einer Handschrift fesselten ihn eine unleserliche, alte Jahreszahl, die fremden, gotischen Lettern, die schwer vergoldeten Verzierungen der Initialen. Mit Wonne atmete er den deliziösen Duft der staubigen Seiten ein. Hübsch und liebenswert fand er das Wort ‹finis›, das, von Amoretten umgeben, von Schleifen getragen, in einen Grabstein gemei-

mangeait à peine, il ne dormait plus, mais il rêvait des nuits et des jours entiers à son idée fixe: les livres.

Il rêvait à tout ce que devait avoir de divin, de sublime et de beau une bibliothèque royale, et il rêvait à s'en faire une aussi grande que celle d'un roi. Comme il respirait à son aise, comme il était fier et puissant, lorsqu'il plongeait sa vue dans les immenses galeries où son œil se perdait dans les livres! il levait la tête? des livres! il l'abaissait? des livres! à droite, à gauche, encore!

Il passait dans Barcelone pour un homme étrange et infernal, pour un savant ou un sorcier.

Il savait à peine lire.

Personne n'osait lui parler, tant son front était sévère et pâle; il avait l'air méchant et traître, et pourtant jamais il ne toucha à un enfant pour lui nuire; il est vrai que jamais il ne fit l'aumône.

ßelt, ruhend in einem Korb voller Rosen, zwischen goldene Äpfel gebettet oder aus einem Bouquet blauer Blumen leuchtete.

Diese Leidenschaft sog ihn vollkommen auf. Oft aß er kaum, er schlief nicht mehr, aber er träumte Tag und Nacht seine fixe Idee: Die Bücher.

Er träumte davon, wieviel Göttliches, Erhabenes, wieviel Schönheit eine königliche Bibliothek haben mußte, er träumte davon, selber eine solch wunderbare Bibliothek aufzubauen. Wie würde er dies genießen, wie stolz und mächtig fühlte er sich, während sein Blick in riesige Galerien tauchen und sich in Meeren von Büchern verlieren würde! Hob er den Kopf? Bücher! Senkte er den Blick? Bücher! Links, rechts, überall: Bücher! Bücher!

In Barcelona galt er als Sonderling, als teuflischer Kerl, oder gar als Weiser, als Zauberer.

Dabei hatte er Mühe zu — lesen.

Niemand wagte ihn anzusprechen, so grau

Il gardait tout son argent, tout son bien, toutes ses émotions pour ses livres; il avait été moine, et pour eux il avait abandonné Dieu; plus tard il leur sacrifia ce que les hommes ont de plus cher après leur Dieu: l'argent; ensuite il leur donna ce qu'on a de plus cher après l'argent: son âme.

und abweisend war sein Gesicht. Er verbreitete ein Gefühl von Heimtücke und Häßlichkeit, aber er hätte keinem Kind etwas zuleide getan. Doch Almosen gab er nie.

Er verwahrte all sein Geld und Gut, seine Gefühle für seine Bücher.

Er war Mönch gewesen; für die Bücher hatte er Gott verlassen. Später opferte er das zweithöchste Gut der Menschen: das Geld. Schließlich verkaufte er das Teuerste nach dem Geld: seine Seele.

II

Depuis quelque temps surtout, ses veilles étaient plus longues; on voyait plus tard sa lampe de nuit qui brûlait sur ses livres, c'est qu'il avait un nouveau trésor: un manuscrit.

Un matin, entra dans sa boutique un jeune étudiant de Salamanque. Il paraissait riche, car deux valets de pied tenaient sa mule à la porte de Giacomo; il avait une toque de velours rouge, et de bagues brillaient sur ses doigts.

Il n'avait pourtant pas cet air de suffisance et de nullité habituel aux gens qui ont des valets galonnés, de beaux habits et la tête creuse; non, cet homme était un savant, mais un riche savant, c'est-à-dire un homme qui, à Paris, écrit sur une table d'acajou, a des livres dorés sur tranches, des pantoufles brodées, des curiosités chinoises, une robe de chambre, une pendule en or, un chat qui dort sur un tapis et deux ou trois femmes qui lui font lire ses vers,

II

Seit einiger Zeit dehnten sich Giacomos Nachtwachen noch mehr aus; noch länger sah man seine Lampe brennen. Er besaß einen neuen Schatz: eine Handschrift.

Eines Morgens betrat ein junger Student aus Salamanca seine Bibliothek. Der Student schien reich zu sein; zwei Diener hielten seinen Maulesel vor Giacomos Tür. Herr Student trug ein Barett aus rotem Samt, an seinen Fingern glitzerten Ringe. Trotzdem konnte er die Aura von Selbstgefälligkeit und Bedeutungslosigkeit vermeiden, die sonst gut bedienerte, doch hohlkopfene Leute verbreiten. Nein nein, dieser Mann war ein Gelehrter, jedoch ein reicher Gelehrter, das heißt, ein Mann, der, in Paris, unter anderem folgendes besitzt: einen Tisch aus Mahagoni, an dem schreibt er, Bücher mit Goldschnitt, bestickte Pantoffeln, chinesische Pikanterien, einen Schlafrock, eine Goldpendüle, eine

sa prose et ses contes, qui lui disent: vous avez de l'esprit, et qui ne le trouvent qu'un fat.

Les manières de ce gentilhomme étaient polies; en entrant il salua le libraire, fit une profonde révérence, et lui dit d'un ton affable:

«N'avez-vous point ici, maître, des manuscrits?»

Le libraire devint embarrassé et répondit en balbutiant:

«Mais, seigneur, qui vous l'a dit?»

«Personne, mais je le suppose.»

Et il déposa sur le bureau du libraire une bourse pleine d'or, qu'il fit sonner en souriant ainsi que tout homme qui touche à de l'argent dont il est le possesseur.

«Seigneur», reprit Giacomo, «il est vrai que j'en ai, mais je ne les vends pas, je les garde.»

«Et pourquoi? qu'en faites-vous?»

«Pourquoi, monseigneur?» et il devint rouge de colère, «ce que j'en fais? Oh! non, vous ignorez ce que c'est qu'un manuscrit!»

Katze, die auf einem Teppich schläft, und zwei oder drei Frauen, die ihm seine Verse, seine Prosa und seine Novellen vorlesen lassen und die ihm sagen: «Welch ein geistreicher Mann!» Und halten tun sie ihn für einen—Laffen.

Dieser Mann zeigte Manieren: Eintretend begrüßte er den Buchhändler mit einer großen, tiefen Verbeugung. Freundlich sprach er zu Giacomo:

«Meister, Sie haben sicher Handschriften?»

Der Buchhändler war verwirrt. Er stammelte:

«Aber wer hat Ihnen dies gesagt, Herr?»

«Niemand. Ich vermute es.»

Er legte einen Beutel voll Gold auf den Tisch. Lächelnd machte er das Gold ein bißchen klirren – wie ein vorzüglicher Mann halt so seinen Besitz berührt.

«Herr», antwortete Giacomo, «Sie haben recht: Ich besitze Handschriften. Aber ich verkaufe sie nicht; ich behalte sie.»

«Pardon, maître Giacomo, je m'y connais, et pour en donner la preuve je vous dirai que vous avez ici la Chronique de Turquie!»

«Moi? oh! on vous a trompé, monseigneur.»

«Non, Giacomo», répondit le gentilhomme; «rassurez-vous, je ne veux point vous le voler, mais vous l'acheter.»

«Jamais!»

«Oh! vous me le vendrez», répondit l'écolier, «car vous l'avez ici, il a été vendu chez Ricciami le jour de sa mort.»

«Eh bien, oui, seigneur, je l'ai, c'est mon trésor, c'est ma vie. Oh! vous ne me l'arracherez pas! Écoutez! je vais vous confier un secret: Baptisto, vous savez Baptisto, le libraire qui demeure sur la place Royale, mon rival et mon ennemi, eh bien, il ne l'a pas, lui, et moi je l'ai!»

«Combien l'estimez-vous?»

Giacomo s'arrêta longtemps et répondit d'un air fier:

«Deux cents pistoles, monseigneur.»

«Warum? Was tun Sie damit?»

«Warum, Herr?» Er wurde rot vor Zorn. «Was ich damit mache? Sie haben wohl keine Ahnung, was das ist: eine Handschrift!»

«Pardon, Meister Giacomo. Ich kenne mich da aus, und ich liefere Ihnen den Beweis, daß Sie die ‹Türkische Chronik› besitzen!»

«Ich? Nicht doch, man hat Sie belogen, mein Herr!»

«Nein, Giacomo», antwortete der Herr, «beruhigen Sie sich. Ich will sie Ihnen ja nicht stehlen, sondern abkaufen.»

«Nie!»

«Oh! Sie werden mir die Handschrift sehr wohl verkaufen», sagte der Student, «denn sie ist hier; sie wurde bei Ricciami an dessen Todestag gekauft.»

«Also: Ja, mein Herr, ich habe sie. Sie ist mein Alles, mein Leben. Doch Sie erpressen sie mir nicht! Aber ich erzähle Ihnen ein Geheimnis: Baptisto kennen Sie, den Buchhändler vom

Il regarda le jeune homme d'un air triomphant ayant l'air de lui dire: «vous allez vous en aller, c'est trop cher, et pourtant je ne le donnerai pas à moins.»

Il se trompa, car celui-ci lui montrant la bourse:

«En voilà trois cents», dit-il.

Giacomo pâlit, il fut près de s'évanouir.

«Trois cents pistoles?» répéta-t-il, «mais je suis un fou, monseigneur, je ne le vendrai pas pour quatre cents.»

L'étudiant se mit à rire en fouillant dans sa poche, dont il tira deux autres bourses.

«Eh bien, Giacomo, en voilà cinq cents. Oh! non, tu ne veux pas le vendre, Giacomo? mais je l'aurai, je l'aurai aujourd'hui, à l'instant, il me le faut, dusse-je vendre cette bague donnée dans un baiser d'amour, dusse-je vendre mon épée garnie de diamants, mes hôtels et mes palais, dusse-je vendre mon âme; il me faut ce livre, oui, il me le faut à toute force, à tout

Königsplatz, mein Rivale und Feind — er hat sie nicht, die Handschrift! Ich habe sie.»

«Wie hoch schätzen Sie sie?»

Giacomo überlegte lange. Dann sagte er plötzlich:

«Mein Herr: zweihundert Pistolen!»

Triumphierend beobachtete er die Wirkung des Betrages auf den jungen Mann, und er war versucht anzufügen: ‹Gehen Sie dorthin, wo Sie herkommen, das ist viel zu teuer für Sie, und billiger gebe ich sie niemals her.›

Er täuschte sich. Der Mann zeigte auf die Börse:

«Es sind dreihundert.»

Giacomo erbleichte, ihm schwanden beinah die Sinne. «Dreihundert Pistolen!» wiederholte er. «Aber ich bin wahnsinnig, mein Herr, ich verkaufe sie auch nicht für vierhundert!»

Der Student griff lachend in seine Tasche und legte zwei weitere Börsen auf den Tisch.

«Gut, Giacomo, fünfhundert. Wie? du willst

prix; dans huit jours je soutiens une thèse à Salamanque, il me faut ce livre pour être docteur, il me faut être docteur pour être archevêque, il me faut la pourpre sur les épaules pour avoir la tiare au front.»

Giacomo s'approcha de lui et le regarda avec admiration et respect comme le seul homme qu'il ait compris.

«Écoute, Giacomo», interrompit le gentilhomme, «je vais te dire un secret qui va faire ta fortune et ton bonheur: ici il y a un homme, cet homme demeure à la barrière des Arabes, il a un livre, c'est le Mystère de saint Michel.»

«Le Mystère de saint Michel?» dit Giacomo en poussant un cri de joie, «oh! merci, vous m'avez sauvé la vie.»

«Vite! donne-moi la Chronique de Turquie.»

Giacomo courut vers un rayon; là, il s'arrêta tout à coup, s'efforça de pâlir et dit d'un air étonné:

«Mais, monseigneur, je ne l'ai pas.»

nicht verkaufen? Giacomo! Ich sage dir, ich werde sie kriegen, heute noch, sofort, verstehst du! Ich brauche sie, und müßte ich meinen Liebesring, den ich in einer heißen Nacht erhielt, verkaufen, müßte ich meinen diamantenbesetzten Degen verkaufen, meine Villen und Paläste, müßte ich meine Seele verkaufen – ich brauche dieses Buch, unter allen Umständen, mit allen Mitteln: In acht Tagen verteidige ich in Salamanca meine Doktorarbeit. Dieses Buch brauche ich, um Doktor zu werden. Den Doktor brauche ich, um Erzbischof zu werden. Dann soll Purpur meine Schultern zieren, denn einmal will ich die Tiara tragen.»

Giacomo näherte sich ihm, betrachtete ihn mit Bewunderung und Respekt – es war der einzige Mensch, den er verstand.

Doch der wehrte ab: «Hör zu, Giacomo, ich verrate dir nun auch ein Geheimnis, es kann dein Glück über alles sein. Hier wohnt ein

«Oh! Giacomo, tes ruses sont bien grossières et tes regards trahissent tes paroles.»

«Oh! monseigneur, je vous jure, je ne l'ai pas.»

«Mais tu es un vieux fou, Giacomo; tiens, voilà six cents pistoles.»

Giacomo prit le manuscrit et le donna au jeune homme:

«Prenez-en soin», dit-il, lorsque celui-ci s'éloignait en riant et disait à ses valets en montant sur sa mule:

«Vous savez que votre maître est un fou, mais il vient de tromper un imbécile. L'idiot de moine bourru!» répéta-t-il en riant, «il croit que je vais être pape!»

Et le pauvre Giacomo restait triste et désespéré, appuyant son front brûlant sur les carreaux de sa boutique, en pleurant de rage et regardant avec peine et douleur son manuscrit, objet de ses soins et de ses affections, que portaient les grossiers valets du gentilhomme.

Mann, am Arabertor, der besitzt ein Buch – es ist ‹Das Geheimnis des heiligen Michael›.»

Giacomo stieß einen Freudenschrei aus: «‹Das Geheimnis des heiligen Michael›! Oh, tausend Dank, Sie haben mein Leben gerettet!»

«Nun aber schnell: gib mir die ‹Türkische Chronik›!»

Giacomo lief zu einem Regal. Doch hielt er plötzlich inne, versuchte zu erbleichen und rief entsetzt: «Grauenhaft, Herr, sie ist weg!»

«Komm! Giacomo, deine Hinterlist ist miserabel, deine Augen verraten dich hoffnungslos.»

«Mein Herr, ich schwöre, sie ist nicht da!»

«Hör auf, Giacomo, du bist ein alter Narr. Hier: sechshundert.»

Giacomo nahm die Handschrift aus dem Gestell und gab sie dem jungen Mann.

«Haben Sie acht darauf», rief er noch, als jener sich schon entfernte. Der setzte sich lachend auf seinen Maulesel und sagte zu seinen Dienern:

«Oh! sois maudit! homme de l'enfer! sois maudit, maudit cent fois, toi qui m'as volé tout ce que j'aimais sur la terre. Oh! je ne pourrai vivre maintenant! je sais qu'il m'a trompé, l'infâme, il m'a trompé. S'il en était ainsi, oh! je me vengerai! Courons vite à la barrière des Arabes. Si cet homme allait me demander une somme que je n'ai pas? que faire alors? Oh! c'est à en mourir!»

Il prend l'argent que l'étudiant avait laissé sur son bureau et sortit en courant.

Pendant qu'il allait par les rues, il ne voyait rien de tout ce qui l'entourait, tout passait devant lui comme une fantasmagorie dont il ne comprenait pas l'énigme, il n'entendait ni la marche des passants ni le bruit des roues sur le pavé; il ne pensait, il ne rêvait, il ne voyait qu'une chose: les livres. Il pensait au Mystère de saint Michel, il se le créait, dans son imagination, large et mince avec un parchemin, orné de lettres d'or, il tâchait de deviner le nombre

«Ihr wißt, daß euer Herr ein Verrückter ist. Aber soeben hat der Verrückte einen Deppen überlistet: diesen idiotischen, griesgrämigen Mönch!» Und er grölte: «Und der glaubt wirklich, daß ich Papst werde!»

Der arme Giacomo blieb traurig und verzweifelt zurück. Weinend vor Wut preßte er seine heiße Stirn an die Fensterscheibe seines Ladens. Zerrissen vor Schmerz sah er seiner Handschrift, Kind seiner Sorge und Zuneigung, nach, das die rohen Diener des feinen Herrn dort hinwegtrugen.

«Oh, sei verflucht, du Mann des Teufels! sei verflucht, hundertmal verflucht, du, der du mir alles gestohlen hast, was ich auf der Erde liebte. Verflucht, ich kann auf dieser Erde nicht mehr leben, er hat mich betrogen! betrogen! dieser Schurk! Aber wart nur, ich räche mich! — Rasch zum Arabertor! Aber wenn dieser Mensch mehr verlangt als ich habe? Was tu ich dann? Oh, es ist zum Sterben!»

des pages qu'il devait contenir; son cœur battait avec violence comme celui d'un homme qui attend son arrêt de mort.

Enfin il arriva.

L'étudiant ne l'avait pas trompé!

Sur un vieux tapis de Perse tout troué étaient étendus par terre une dizaine de livres. Giacomo, sans parler à l'homme qui dormait à côté, couché comme ses livres, et ronflait au soleil, tomba à genoux, se mit à parcourir d'un œil inquiet et soucieux dans les dos de livres, puis il se leva, pâle et abattu, et éveilla le bouquiniste en criant, et lui demanda:

«Eh l'ami, n'avez-vous pas ici le Mystère de saint Michel?»

«Quoi?» dit le marchand en ouvrant les yeux, «ne voulez-vous pas parler d'un livre que j'ai? regardez!»

«L'imbécile!» dit Giacomo en frappant du pied, «en as-tu d'autres que ceux-là?»

«Oui, tenez, les voici.»

Er packte das Geld, das der Herr Student hatte liegenlassen und eilte davon.

Als er durch die Straßen lief, sah er nichts um sich herum. Alles glitt an ihm vorüber wie eine Erscheinung, deren Sinn ihm völlig rätselhaft blieb. Er hörte keine Schritte der Passanten, nicht das Holpern der Räder auf dem Kopfsteinpflaster. Er dachte, träumte, sah nur etwas: Die Bücher. Er dachte an die ‹Geheimnisse des heiligen Michael›, er stellte sich das Buch vor: breit, dünn, Pergamenteinband, verziert mit goldenen Initialen, er versuchte den Umfang zu schätzen. Sein Herz schlug so stark wie vielleicht das eines Menschen, der sein Todesurteil erwartet.

Endlich war er da.

Der Student hatte ihn also nicht belogen!

Auf einem alten, durchlöcherten Perserteppich lagen ein Dutzend Bücher. Daneben schlief ein Mann, er lag da wie seine Bücher und schnarchte in der Sonne. Giacomo kniete sich

Et il lui montra un petit paquet de brochures liées avec des cordes. Giacomo les rompit, en lut le titre en une seconde.

«Enfer!» dit-il, «ce n'est pas cela. Ne l'as-tu pas vendu par hasard? Oh! si tu le possèdes, donne, donne; cent pistoles, deux cents, tout ce que tu voudras.»

Le bouquiniste le regardait étonné:

«Oh! vous voulez peut-être parler d'un petit livre que j'ai donné hier, pour huit maravédis, au curé de la cathédrale d'Oviedo?»

«Te souviens-tu du titre de ce livre?» «Non.»

«N'était-ce pas: Mystère de saint Michel?»

«Oui, c'est cela.»

Giacomo s'écarta à quelques pas de là et tomba sur la poussière comme un homme fatigué d'une apparition qui l'obsède.

Quand il revint à lui, il faisait soir et le soleil qui rougissait à l'horizon était à son déclin. Il se leva et rentra chez lui, malade et désespéré.

hin. Bekümmert und ungeduldig überflog er die Buchrücken. Dann erhob er sich, blaß, abgekämpft, er weckte den Händler und schrie ihn an:

«He, alter Freund! Ist das ‹Geheimnis des heiligen Michael› nicht da?»

«Wie?» sagte der Händler und öffnete mühsam die Augen. «Sprechen Sie von einem Buch, das ich haben soll? Schauen Sie selber!»

«Schwachkopf!» Giacomo stampfte auf den Boden, «hast du noch andere als die?»

«Klar, hier!»

Er zeigte ihm ein kleines, verschnürtes Paket Broschuren. Giacomo riß das Paket auf und las die Titel.

«Teufel! es ist nicht dabei. Hast du es vielleicht zufällig verkauft? Wenn du es hast: Gib's, gib's mir. Du kriegst hundert Pistolen, zweihundert, alles, was du willst!»

Nun horchte der Händler auf.

«Reden Sie vielleicht von dem kleinen Buch,

das ich gestern für acht Maravedis verkauft habe? Dem Pfarrer an der Kathedrale von Oviedo?»

«Erinnerst du dich noch an den Titel?»

«Nein.»

«War es ‹Das Geheimnis des heiligen Michael›?»

«Ja, das war's.»

Giacomo trat einige Schritte zurück, dann sank er in sich zusammen; ein müder Mann, zugedeckt von bösen Ahnungen.

Als er wieder zu sich kam, war es Abend. Die untergehende Sonne füllte den Horizont blutrot. Giacomo stand auf, ging nach Hause, krank, hoffnungslos.

III

Huit jours après, Giacomo n'avait pas oublié sa triste déception, et sa blessure était encore vive et saignante; il n'avait point dormi depuis trois nuits, car ce jour-là devait se vendre le premier livre qui ait été imprimé en Espagne, exemplaire unique dans le royaume. Il y avait longtemps qu'il avait envie de l'avoir; aussi fut-il heureux, le jour qu'on lui annonça que le propriétaire était mort.

Mais une inquiétude lui tenait à l'âme: Baptisto pourrait l'acheter, Baptisto, qui, depuis quelque temps, lui enlevait, non les chalands, peu lui importait! mais tout ce qui paraissait de rare et de vieux, Baptisto dont il haïssait la renommée d'une haine d'artiste. Cet homme lui devenait à charge, c'était toujours lui qui enlevait les manuscrits; aux ventes publiques, il enchérissait et il obtenait. Oh! que de fois le pauvre moine, dans ses rêves d'ambition et

III

Acht Tage später noch hatte Giacomo seine bittere Enttäuschung nicht vergessen; die Wunde blutete nach wie vor. In den letzten drei Nächten hatte er zudem nicht geschlafen, weil an diesem Tag das erste Buch, das in Spanien gedruckt worden war, versteigert wurde; es war zugleich das einzige noch existierende Exemplar im Königreich. Seit Jahren hatte er diesem Buch entgegengefiebert, und entzückt hatte er dann die Nachricht gehört, daß der Besitzer gestorben sei.

Aber eine große Unruhe bedrückte seine Seele: Baptisto könnte es ersteigern. Baptisto, der ihn dauernd austrickste – aber was war das schon; er haßte ihn von Künstler zu Künstler mit voller Inbrunst. Baptisto kam ihm überall in die Quere, aber was Giacomo nie verzeihen konnte, war, daß jener ihm dauernd die Handschriften wegschnappte. An jeder Auktion über-

d'orgueil, que de fois il vit venir à lui la longue main de Baptisto, qui passait à travers la foule comme aux jours de vente, pour venir lui enlever un trésor qu'il avait rêvé si longtemps, qu'il avait convoité avec tant d'amour et d'égoïsme! Que de fois aussi il fut tenté de finir avec un crime ce que ni l'argent ni la patience n'avait pu faire; mais il refoulait cette idée dans son cœur, tâchait de s'étourdir sur la haine qu'il portait à cet homme, et s'endormait sur ses livres.

Dès le matin, il fut devant la maison dans laquelle la vente allait avoir lieu; il y fut avant le commissaire, avant le public, et avant le soleil.

Aussitôt que les portes s'en ouvrirent, il se précipita dans l'escalier, monta dans la salle et demanda ce livre. On le lui montra; c'était déjà un bonheur.

Oh! jamais il n'en avait vu de si beau et qui lui complût davantage. C'etait une bible latine,

bot er alle und sah sich als Besitzer. Wie oft war es Giacomo schon passiert, daß er von einer Handschrift träumte – und dann erschien die lange Hand Baptistos aus der Menge und griff sich den langersehnten Schatz, den der Mönch so begehrt hatte mit Liebe und Egoismus! Wie oft war er versucht, die ganze Sache, wenn Geld und Geduld nicht helfen konnten, mit einem Verbrechen zu erledigen. Er hatte diese Ideen jedoch sofort verworfen und sich bemüht, solch üble Streiche zu vergessen – und schlief dann über den Büchern ein.

Seit dem Morgengrauen stand er vor dem Haus, in dem die Versteigerung stattfinden sollte. Er stand da, vor dem Auktionar, vor dem Publikum, ja, vor der Sonne.

Als sich die Türen endlich öffneten, stürzte er ins Haus, und bereits auf der Treppe verlangte er das Buch zu sehen. Man zeigte es ihm, und das allein war schon ein Glück.

avec des commentaires grecs; il la regarda et l'admira plus que tous les autres, il le serrait entre ses doigts en riant amèrement, comme un homme qui se meurt de faim et qui voit de l'or.

Jamais, non plus, il n'avait tant désiré. Oh! qu'il eût voulu alors, même au prix de tout ce qu'il avait, de ses livres, de ses manuscrits, de ses six cents pistoles, au prix de son sang, oh! qu'il eût voulu avoir ce livre! Vendre tout, tout pour avoir ce livre; n'avoir que lui, mais l'avoir à lui; pouvoir le montrer à toute l'Espagne, avec un rire d'insulte et de pitié pour le roi, pour les princes, pour les savants, pour Baptisto, et dire: «A moi, à moi ce livre!» et le tenir dans ses deux mains toute sa vie, le palper comme il le touche, le sentir comme il le sent, et le posséder comme il le regarde!

Enfin l'heure arrive. Baptisto était au milieu, le visage serein, l'air calme et paisible. On arriva au livre, Giacomo offrit d'abord vingt pistoles, Baptisto se tut et ne regarda pas la

Tatsächlich! Nie hatte er etwas Schöneres gesehen, nie etwas, das ihn mehr packte. Es war eine lateinische Bibel mit griechischen Kommentaren. Er betrachtete sie; seine Bewunderung überstieg alles Bisherige, er umschloß sie mit seinen Händen — und lächelte bitter, wie ein Mann, der, mitten im Gold, verhungert.

Nie, nie war sein Verlangen so brennend gewesen! Dafür wollte er alles hergeben: seine Bücher, seine Handschriften, die sechshundert Pistolen, sein Blut! wenn er dieses Buch erhielte. Alles wollte er für das Buch verkaufen; nichts mehr besitzen als dieses Buch, aber ganz allein, für sich selbst!

Wie würde er, höhnisch, mitleidig lächelnd, die Bibel ganz Spanien zeigen: dem König, den Prinzen, den gelehrten Herrschaften, dem Baptisto, und sagen:

»Mir gehört dieses Buch, mir!« Und er würde es sein Leben lang in den Händen halten und fühlen, wie es sich anfaßte, spüren, wie es

bible. Déjà le moine avançait la main pour saisir ce livre, qui lui avait coûté si peu de peines et d'angoisses, quand Baptisto se met à dire: «quarante». Giacomo vit avec horreur son antagoniste qui s'enflammait à mesure que le prix montait plus haut.

«Cinquante!» cria-t-il de toutes ses forces.

«Soixante!» répondit Baptisto.

«Cent!»

«Quatre cents!»

«Cinq cents!» ajouta le moine avec regret.

Et tandis qu'il trépignait d'impatience et de colère, Baptisto affectait un calme ironique et méchant. Déjà la voix aiguë et cassée de l'huissier avait répété trois fois: «cinq cents», déjà Giacomo se rattachait au bonheur; un souffle échappé des lèvres d'un homme vint le faire évanouir, car le libraire de la place Royale se pressant dans la foule, se mit à dire: «six cents!» La voix de l'huissier répéta six cents quatre fois, et aucune autre voix ne lui répon-

sich roch, mit seinen Blicken würde er es besitzen!

Endlich begann die Versteigerung. Baptisto war da, mit heiterem Gesicht, ruhig, zufrieden. Als die Bibel an der Reihe war, bot Giacomo schnell zwanzig Pistolen. Baptisto warf keinen Blick auf das Buch. Der Mönch streckte seine Hand nach dem Schatz, der ihn so wenig kostete, aus, als Baptisto sagte: »Vierzig.«

Mit Schrecken sah Giacomo auf seinen Gegner; es schien, als ob dieser durch die Höhe des Preises erst geweckt worden war.

«Fünfzig!» schrie Giacomo.

«Sechzig!» antwortete Baptisto.

«Hundert!»

«Vierhundert!»

«Fünfhundert!» bot der Mönch entnervt.

Während Giacomo fast platzte vor Ungeduld und Wut, zeigte Baptisto böse, ironische Ruhe. Schon wiederholte der Versteigerer zum drittenmal mit spitzer, brüchiger Stimme:

dit; seulement on voyait, à un des bouts de la table, un homme au front pâle, aux mains tremblantes, un homme qui riait amèrement de ce rire des damnés du Dante; il baissait la tête, la main dans sa poitrine, et quand il la retira, elle était chaude et mouillée, car il avait de la chair et du sang au bout des ongles.

On se passa le livre de main en main pour le faire parvenir à Baptisto; le livre passa devant Giacomo, il en sentit l'odeur, il le vit courir un instant devant ses yeux, puis s'arrêter à un homme qui le prit et l'ouvrit en riant. Alors le moine baissa la tête pour cacher son visage, car il pleurait.

En retournant par les rues, sa démarche était lente et pénible, il avait sa figure étrange et stupide, sa tournure grotesque et ridicule; il avait l'air d'un homme enivré, car il chancelait; ses yeux étaient à moitié fermés, il avait les paupières rouges et brûlantes; la sueur coulait sur son front, et il balbutiait entre ses dents,

«Fünfhundert!», schon wähnte sich Giacomo im Glück, da vernichtete ein Hauch von den Lippen eines Mannes alles: Der Buchhändler vom Königsplatz sagte: «Sechshundert!» und drängte sich vor.

Der Versteigerer wiederholte viermal: «Sechshundert!»

Niemand antwortete. Nur am andern Tischende sah man einen Mann mit bleichem Gesicht und zitternden Händen, bitter lächelnd — so mochten Dantes Verdammte gelächelt haben. Er senkte den Kopf, schob eine Hand unter sein Hemd. Als er die Hand wieder hervorzog, war sie heiß und feucht, und an den Nägeln klebten Fleisch und Blut.

Man gab das Buch von einem zum andern, damit sie es Baptisto weiterreichten. Einen Augenblick lang roch Giacomo den Geruch, er sah das Buch an sich vorbeigehen, dann kam es zu einem Mann, der es ergriff und lachend öff-

comme un homme qui a trop bu et qui a pris trop de sa part au banquet de la fête.

Sa pensée n'était plus à lui, elle errait comme son corps, sans avoir de but ni d'intention; elle était chancelante, irrésolue, lourde et bizarre; sa tête lui pesait comme du plomb, son front le brûlait comme un brasier.

Oui, il était ivre de ce qu'il avait senti, il était fatigué de ses jours, il était soûl de l'existence.

nete. Der Mönch ließ den Kopf hängen. Er versuchte, sein Gesicht zu verbergen. Er weinte.

Als er die Straßen zurückging, fuchtelte er mit den Armen, sein Gang war langsam und schleppend, sein Körper bewegte sich eigenartig, komisch. Der Mann schien zu taumeln, zu straucheln. Seine halb geschlossenen Augen waren gerötet und brannten. Auf seiner Stirn stand Schweiß, er murmelte etwas zwischen den Zähnen, wie ein Betrunkener, der an einem Fest von allem viel zu viel genommen hat.

Seine Gedanken irrten umher wie sein Körper, ohne Ziel und Einfall; sie drehten sich im Leeren, bizarr, schwer, der Kopf schien aus Blei, die Stirn brannte wie ein Becken voll glühender Kohle.

Ja, er war blockiert in seinen Gefühlen, des Lebens müde und überdrüssig. Er war am Ende.

IV

Ce jour-là – c'était un dimanche – le peuple se promenait dans les rues en causant et en chantant. Le pauvre moine écouta leurs causeries et leurs chants; il ramassa dans la route quelques bribes de phrases, quelques mots, quelques cris, mais il lui semblait que c'était toujours le même son, la même voix, c'était un brouhaha vague, confus, une musique bizarre et bruyante qui bourdonnait dans son cerveau et l'accablait.

«Tiens», disait un homme à son voisin: «As-tu entendu parler de l'histoire de ce pauvre curé d'Oviedo, qui fut trouvé étranglé dans son lit?»

Ici c'était un groupe de femmes qui prenaient le frais du soir sur leurs portes, voici ce qu'entendait Giacomo en passant devant elles:

«Dites donc, Martha, savez-vous qu'il y a eu, à Salamanque, un jeune riche, Don Bernardo,

IV

An jenem Tag – es war Sonntag – spazierten viele Leute in den Straßen, man plauderte und sang. Der arme Mönch hörte das Geplauder und Singen, und im Vorübergehen schnappte er Wortfetzen, zusammenhanglose Ausrufe auf, aber alles schien ihm als eine Stimme, als ein Ton, ein unbestimmtes Geraune, als ferne, rauschende Musik, die in seinem Hirn summte und ihn quälte.

Da sagte ein Mann zu seinem Nachbarn: «Hast du sie schon gehört, die Geschichte von diesem armen Pfarrer von Oviedo? Sie haben ihn tot in seinem Bett gefunden. Erdrosselt.»

Giacomo ging an einer Gruppe von Frauen vorüber, die vor ihren Haustüren die kühle Abendluft genossen. Da meinte eine: «Sag mal, Martha, erinnerst du dich noch an den reichen Jüngling aus Salamanca? Don Bernardo hieß er. Vor einigen Tagen war er hier, ihm gehörte

vous savez? celui qui, lorsqu'il vint ici il y a quelques jours, avait une fine mule noire si jolie et si bien équipée, et qui la faisait piaffer sur les pavés; eh bien, le pauvre jeune homme, on m'a dit ce matin à l'église, qu'il était mort.»

«Mort?» dit une jeune fille.

«Oui, petite», répondit la femme, «il est mort ici, à l'auberge de Saint-Pierre; d'abord il se sentit mal à la tête, enfin il eut la fièvre, et au bout de quatre jours on le porta en terre.»

Giacomo en entendit encore d'autres; tous ces souvenirs le firent trembler, et un sourire de férocité vint errer sur sa bouche.

Le moine rentra chez lui épuisé et malade; il se coucha par terre sur le banc de son bureau et dormit. Sa poitrine était oppressée, un son rauque et creux sortait de sa gorge; il s'éveilla avec la fièvre; un horrible cauchemar avait épuisé ses forces.

Il faisait nuit alors, et onze heures venaient de sonner à l'église voisine. Giacomo entendit

dieses schöne schwarze Maultier mit dem feinen Sattelzeug. Also, dieser junge Mann ist tot. Man hat es heute morgen in der Kirche erzählt.»

«Tot?» fragte ein Mädchen.

«Tja, meine Kleine», antwortete die Frau, «hier ist er gestorben, im Gasthaus zum Heiligen Peter. Er hatte Kopfschmerzen, dann Fieber, und nach vier Tagen wurde er begraben.»

Giacomo hörte noch anderes. Es schüttelte ihn ob der Erinnerungen an die letzten Tage, und ein grausames Lächeln ließ seine Lippen erheben.

Der Mönch kam nach Hause, erschöpft, krank, er legte sich in seinem Laden auf eine Bank und schlief ein.

Seine Brust krampfte sich zusammen, er röchelte schrecklich. Fiebrig erwachte er; ein entsetzlicher Alptraum lähmte ihn.

Es war Nacht, von der nahen Kirche hatte es elf geschlagen, als Giacomo die Rufe hörte:

des cris: «Au feu! au feu». Il ouvrit ses vitres, alla dans les rues et vit en effet des flammes qui s'élevaient au delà des toits; il rentra chez lui et il allait reprendre sa lampe pour aller dans ses magasins, quand il entendit devant ses fenêtres des hommes qui passaient en courant et qui disaient: «C'est sur la place Royale, le feu est chez Baptisto».

Le moine tressaillit, un rire éclatant partit du fond de son cœur, et il se dirigea avec la foule vers la maison du libraire.

La maison était en feu, les flammes s'élevaient, hautes et terribles, et, chassées par les vents, elles s'élançaient vers le beau ciel bleu d'Espagne, qui planait sur Barcelone agitée et tumultueuse, comme un voile sur des larmes.

On voyait un homme à moitié nu, il se désespérait, s'arrachait les cheveux, se roulait par terre en blasphémant Dieu et en poussant des cris de rage et de désespoir, c'était Baptisto.

Le moine contemplait son désespoir et ses

«Es brennt! Es brennt!»

Er öffnete das Fenster. Als er auf die Straße trat, sah er Flammen über den Dächern. Er kehrte um und wollte eine Kerze holen, um in sein Bücherlager zu gehen, als Leute an seinem Fenster vorbeiliefen und schrien: «Am Königsplatz brennt's, bei Baptisto!»

Der Mönch zuckte zusammen. Dann brach ein lautes Lachen aus ihm, und er eilte mit der Menge zum Haus des Buchhändlers.

Das Haus brannte, die Flammen schlugen hoch, der Wind fuhr ins Feuer und jagte es gegen den dunklen spanischen Himmel, der sich über das unruhige, lärmende Barcelona legte wie ein Schleier über Tränen.

Man sah einen halbnackten Menschen, der sich die Haare raufte. Völlig verzweifelt warf er sich auf den Boden, verfluchte Gott und die Welt, brüllte vor Wut und Verzweiflung. Das war Baptisto.

Der Mönch betrachtete Baptistos Ausbruch

cris avec calme et bonheur, avec ce rire féroce de l'enfant riant des tortures du papillon dont il a arraché les ailes.

On voyait, dans un appartement élevé, des flammes qui brûlaient quelques liasses de papiers.

Giacomo prit une échelle, l'appuya contre la muraille noircie et chancelante, l'échelle tremblait sous ses pas, il monta en courant, arriva à cette fenêtre. Malédiction! ce n'était que quelques vieux livres de librairie, sans valeur, ni mérite. Que faire? il était entré, il fallait ou avancer au milieu de cette atmosphère enflammée ou redescendre par l'échelle dont le bois commençait à s'échauffer. Non! il avança.

Il traversa plusieurs salles, le plancher tremblait sous ses pas, les portes tombaient lorsqu'il en approchait, les solives se pendaient sur sa tête, il courait au milieu de l'incendie, halelant et furieux.

Il lui failait ce livre! il le lui fallait ou la

ruhig, ja mit Genugtuung, er trug sein böses Lächeln wie ein Kind, das einem Schmetterling genüßlich die Flügel ausreißt.

Es war deutlich zu sehen: In einem der Räume näherten sich die Flammen einem Stoß Papier. Giacomo ergriff eine Leiter, lehnte sie an die geschwärzte, schwankende Mauer. Die Leiter wackelte, als er hinaufstieg und sich an das Fenster herantastete.

Verdammt! Im Raum war nichts als altes Zeug, keine Bücher von Rang und Wert. Was nun? Drin war er schon, nun mußte er vorwärts durch Rauch und Feuer, oder er kehrte über die Leiter, die schon zu brennen begann, zurück. Also: los!

Er durchquerte einige Räume. Die Böden zitterten unter seinen Schritten, die Türen stürzten um, wenn er näherkam, die Deckenbalken barsten über seinem Kopf. Keuchend und wütend rannte er in das Feuer. Denn er wollte es haben, das Buch! Entweder er fand

mort! Il ne savait où diriger sa course, mais il courait.

Enfin il arriva devant une cloison qui était intacte, il la brisa avec un coup de pied et vit un appartement obscur et étroit; il tâtonnait, sentit quelques livres sous ses doigts, il en toucha un, le prit et l'emporta hors de cette salle. C'était lui! lui, le Mystère de saint Michel! Il retourna sur ses pas, comme un homme éperdu et en délire, il sauta par-dessus les trous, il volait dans la flamme, mais il ne retrouva point l'échelle qu'il avait dressée contre le mur; il arriva à une fenêtre et descendit en dehors, se cramponnant avec les mains et les genoux aux sinuosités, ses vêtements commençaient à s'enflammer, et, lorsqu'il arriva dans la rue, il se roula dans le ruisseau pour éteindre les flammes qui le brûlaient.

es, oder er kam um! Er wußte zwar nicht, wo suchen, er raste wie besessen herum.

Er geriet an einen unversehrten Schrank, den er mit einem Fußtritt aufbrach. Er spürte Bücher, packte eins davon und stürzte aus dem Raum.

Das war es! Die Bibel!

Er rannte den Weg, den er gekommen war, zurück wie im Delirium, er sprang über Löcher, durch Flammen – und dann fand er die Leiter nicht mehr. Er klammerte sich mit Händen und Knien ans Gesims, rutschte daran hinunter, seine Kleider fingen Feuer, und als er unten ankam, wälzte er sich im Rinnstein, um seine brennenden Kleider zu löschen.

V

Quelques mois se passèrent, et l'on n'entendait plus parler du libraire Giacomo, si ce n'est comme un de ces hommes singuliers et étranges, dont la multitude rit dans les rues parce qu'elle ne comprend point leurs passions et leurs manies.

L'Espagne était occupée d'intérêts plus graves et plus sérieux. Un mauvais génie semblait peser sur elle; chaque jour, de nouveaux meurtres et de nouveaux crimes, et tout cela paraissait venir d'une main invisible et cachée; c'était un poignard suspendu sur chaque toit et sur chaque famille; c'était des gens qui disparaissaient tout à coup sans qu'on ait aucune trace du sang que leur blessure avait répandu; un homme partait pour un voyage, il ne revenait plus; on ne savait à qui attribuer cet horrible fléau, car il faut attribuer le malheur à quelqu'un d'étranger, mais le bonheur, à soi.

V

Nach einigen Monaten hörte man kaum mehr jemand über Giacomo reden. Ab und zu lachte man noch über diesen merkwürdigen Einzelgänger, ohne daß auch nur einer dessen Leidenschaft und Manie verstanden hätte.

In Spanien gab es ernsthaftere und tiefere Sorgen. Ein böser Geist ging um: Jeden Tag geschahen neue Mordtaten und Verbrechen, und alles schien die selbe unsichtbare, versteckte Handschrift zu tragen. Wie das Schwert des Damokles hing es über jeder Familie: Leute verschwanden plötzlich; es wurden Leichen gefunden, von denen keine Blutspur und keine Hinweise wegführten; ein Mann ging auf Reisen und kehrte nicht mehr zurück.

Kein Mensch wußte dieses Unheimliche zu deuten, denn das Unglück schiebt man ja immer den Fremden zu, und das Glück sich selbst. Sicher, im Leben des Menschen gibt es Unheils-

En effet, il est des jours si néfastes dans la vie, des époques si funestes pour les hommes, que, ne sachant qui accabler de ses malédictions, on crie vers le ciel; c'est dans ces époques malheureuses pour les peuples que l'on croit à la fatalité.

Une police vive et empressée avait tâché, il est vrai, de découvrir l'auteur de tous ces forfaits, l'espion soudoyé s'était introduit dans toutes les maisons, avait écouté toutes les paroles, entendu tous les cris, vu tous les regards, et il n'avait rien appris.

Le Procureur avait ouvert toutes les lettres, brisé tous les cachets, fouillé dans tous les coins, et il n'avait rien trouvé.

Un matin pourtant, Barcelone avait quitté sa robe de deuil pour aller s'entasser dans les salles de la Justice où l'on allait condamner à mort celui que l'on supposait être l'auteur de tous ces horribles meurtres. Le peuple cachait ses lar-

und Schreckenstage, daß man, ratlos und verlassen, nur noch zum Himmel schreien möchte. In solch heillosen Zeiten beginnt sich unter den Leuten wahrlich ein Fatalismus auszubreiten.

Natürlich versuchte die Polizei mit größtem Eifer, den Verbrecher zu finden. Es wurden sogar Spitzel gedungen, die in die Häuser schlichen, Gespräche belauschten, allen Schreien nachgingen und alle Blicke verdächtigten. Jedoch: nichts. Der Staatsanwalt ließ alle Briefe öffnen, alle Siegel erbrechen, in alle Winkel leuchten; er fand nichts.

Eines Morgens jedoch streifte Barcelona sein Trauergewand ab, und die Menge drängte sich in den Justizpalast, in dem man den zum Tod verurteilen wollte, den man als Urheber der Verbrechen vermutete. Das Volk verbarg seine Tränen unter krampfhaftem Lachen. Klagen und Tränen sind zwar ein Trost – ein selbstsüchtiger Trost allerdings, andere leiden und weinen zu sehen.

mes sous un rire convulsif, car lorsqu'on souffre et qu'on pleure c'est une consolation bien égoïste, il est vrai, mais enfin, celle de voir d'autres souffrances et d'autres larmes.

Le pauvre Giacomo, si calme et si paisible, était accusé d'avoir brûlé la maison de Baptisto, d'avoir volé sa Bible; il était chargé encore de mille autres accusations.

Il était donc là, assis sur les bancs des meurtriers et des brigands, lui, l'honnête bibliophile; le pauvre Giacomo, qui ne pensait qu'à ses livres, était donc compromis dans les mystères de meurtre et d'échafaud.

La salle regorgeait de peuple. Enfin le Procureur se leva et lut son rapport; il était long et diffus, à peine si on pouvait en distinguer l'action principale des paranthèses et des réflexions. Le Procureur disait qu'il avait trouvé dans la maison de Giacomo la Bible qui appartenait à Baptisto, puisque cette Bible était la seule en Espagne; or il était probable que c'était

Der arme, so ruhige und friedliche Giacomo war angeklagt, Baptistos Haus angezündet und das wertvolle Buch gestohlen zu haben — und tausend andere Verbrechen wurden ihm gerade auch angelastet.

Dort saß er nun, auf der Bank der Mörder und Räuber. Er, der ehrsame Büchernarr, war plötzlich mit Mord und Galgen verstrickt.

Der Saal barst fast vor Menschen.

Endlich erhob sich der Staatsanwalt und las seine Anklage vor. Sie war lang und unklar, nur mit Mühe konnte man aus dem Gelaber von Belanglosem und abschweifenden Betrachtungen herausfinden, um was es ging. Der Staatsanwalt sagte, er habe in Giacomos Garten Baptistos Bibel gefunden, und da es diese Bibel in Spanien nur einmal gebe, müsse man annehmen, daß Giacomo Baptistos Buchhandlung angezündet habe, um so zu dem kostbaren Buch zu kommen.

Ganz außer Atem, schwieg er und setzte

Giacomo qui avait mis le feu à la maison de Baptisto pour s'emparer de ce livre rare et précieux. Il se tut et se rassit essonfflé.

Quant au moine, il était calme et paisible et ne répondit pas même par un regard à la multitude qui l'insultait.

Son avocat se leva, il parla longtemps et bien; enfin quand il crut avoir ébranlé son auditoire, il souleva sa robe et en tira un livre, il l'ouvrit et le montra au public. C'était un autre exemplaire de cette Bible.

Giacomo poussa un cri et tomba sur son banc en s'arrachant les cheveux. Le moment était critique, on attendait une parole de l'accusé, mais aucun son ne sortit de sa bouche; enfin il se rassit, regarda ses juges et son avocat comme un homme qui s'éveille.

On lui demanda s'il était coupable d'avoir mis le feu chez Baptisto.

«Non», hélas! répondit-il.

«Non?»

sich. Der Mönch saß ruhig da und würdigte die Menge, die ihn lauthals bedrohte, keines Blickes.

Der Verteidiger erhob sich und sprach lange und gut. Nachdem er glaubte, daß er seine Zuhörer genügend gerührt habe, griff er in die Robe und zog ein Buch heraus, zeigte es den Richtern und dem Publikum: Es war ein zweites Exemplar der Bibel!

Giacomo schrie auf, warf sich über die Bank und raufte seine Haare.

In diesem entscheidenden Augenblick erwartete man eine Erklärung des Angeklagten. Der aber schwieg. Langsam setzte er sich wieder, schien sich zu beruhigen und schaute seine Richter und den Verteidiger an wie ein Mann, der soeben erwacht.

Er wurde gefragt, ob er sich schuldig bekenne, Baptistos Haus angezündet zu haben.

«Nein», antwortete er bedauernd.

«Nein?»

«Mais allez-vous me condamner? Oh! condamnez-moi, je vous en prie! la vie m'est à charge, mon avocat vous a menti, ne le croyez pas. Oh! condamnez-moi, j'ai tué Don Bernardo, j'ai tué le curé, j'ai volé le livre, le livre unique, car il n'y en a pas deux en Espagne. Messeigneurs, tuez-moi, je suis un misérable.»

Son avocat s'avança vers lui et lui montrant cette Bible:

«Je puis vous sauver, regardez!»

Giacomo prit le livre, le regarda.

«Oh! moi qui croyais que c'était le seul en Espagne! Oh! dites-moi, dites-moi que vous m'avez trompé. Malheur sur vous!»

Et il tomba évanoui.

Les juges revinrent et prononcèrent son arrêt de mort.

Giacomo l'entendit sans frémir et il parut même plus calme et plus tranquille. On lui fit espérer qu'en demandant sa grâce au pape il l'obtiendrait peut-être, il n'en voulut point, et

«Aber Sie werden mich doch verurteilen? Ja, ich flehe Sie an: verurteilen Sie mich! Mein Leben wird mir zu schwer! Glauben Sie meinem Anwalt nicht, er hat Sie belogen. Ja, verurteilen Sie mich, ich habe Don Bernardo getötet, ich habe den Pfarrer getötet, ich habe das Buch geraubt, dieses einzige Buch, von dem es in Spanien kein zweites gibt. Meine Herren, töten Sie mich, ich bin verflucht!»

Der Verteidiger trat vor und streckte ihm die Bibel hin:

«Ich kann Sie retten, sehn Sie!»

Giacomo nahm das Buch in die Hände und betrachtete es.

«Oh, und ich dachte, es gäbe nur ein Exemplar in Spanien! So sagen Sie mir schon, daß Sie mich getäuscht haben, Sie Teufel!»

Er sank bewußtlos in sich zusammen.

Dann kamen die Richter zurück und sprachen das Todesurteil.

Bewegungslos nahm Giacomo das Urteil an,

demanda seulement que sa bibliothèque fût donnée à l'homme qui avait le plus de livres en Espagne.

Puis lorsque le peuple se fut écoulé, il demanda à son avocat d'avoir la bonté de lui prêter son livre; celui-ci le lui donna.

Giacomo le prit amoureusement, versa quelques larmes sur les feuillets le déchira avec colère, puis il en jeta les morceaux à la figure de son défenseur en lui disant:

«Vous en avez menti, monsieur l'avocat! Je vous disais bien que c'était le seul en Espagne!»

ja, er wurde still und ruhig. Man machte ihm die Hoffnung, daß ein Gnadengesuch an den Papst günstig aufgenommen würde. Aber er wollte nichts mehr. Doch, noch eine Bitte hatte er: daß seine Bibliothek jener erhalten sollte, der in Spanien am meisten Bücher besäße.

Als sich die Menge aus dem Saal verlaufen hatte, bat er seinen Verteidiger, ihm das Buch nochmals zu leihen. Er erhielt es.

Liebevoll streichelte er das Buch, und einige Tränen fielen auf die Seiten. Doch plötzlich, wütend, zerriß er die Bibel und schleuderte die Stücke dem Anwalt ins Gesicht:

«Und doch haben Sie mich belogen, Herr Anwalt! Ich habe es ja gesagt: Es gibt nur ein einziges Exemplar in Spanien!»

Postface

Gustave Flaubert, né le 12 décembre 1821 à Rouen, mort le 7 mai 1880 à Croisset près Rouen.

Flaubert est l'auteur de la nouvelle ‹Bibliomanie› qu'il écrivit en 1836, à l'âge de garçon de moins de 15 ans. La légende de la nouvelle ‹Bibliomanie› est fondée sur des événements historiques: A Barcelone, on fit le procès à l'antiquaire Don Vicente qui, obsédé maladivement de la manie de s'approprier de livres, ne se rebuta même pas de crimes. Au monastère de Poblet près Tarragone, il était moine et administrateur de la bibliothèque. En 1836, il subit la peine capitale, en expiant ainsi ses crimes, les assassinats de l'antiquaire Augustino Patxot, d'un curé de campagne, d'un maire et d'autres personnes.

Nachwort

Gustave Flaubert wurde am 12. Dezember 1821 in Rouen geboren. Er starb am 7. Mai 1880 in Croisset bei Rouen.

Flaubert schrieb die Novelle ‹Bücherwahn› im Alter von noch nicht 15 Jahren.

Der Geschichte liegen historische Ereignisse zugrunde: In Barcelona wurde dem Antiquar Don Vicente der Prozeß gemacht, weil er in seiner krankhaften Büchermanie selbst vor Verbrechen nicht zurückschreckte. Er war Mönch und Verwalter der Bibliothek im Kloster Poblet bei Tarragona gewesen. 1836 wurde er hingerichtet. Damit sühnte er die Morde an dem Antiquar Augustino Patxot, an einem Landpfarrer, an einem Gemeindevorsteher und an anderen Personen.